GARBAGE TIME

DASAN
COMICS

매일매일 새로운 재미, 가장 가까운 즐거움을 만듭니다.

한국을 대표하는 검색 포털 네이버의 작은 서비스 중 하나로 시작한 네이버웹툰은 기존 만화 시장의 창작과 소비 문화 전반을 혁신하고, 이전에 없었던 창작 생태계를 만들어왔습니다. 더욱 빠르게 재미있게 좌충우돌하며, 한국은 물론 전세계의 독자를 만나고자 2017년 5월, 네이버의 자회사로 독립하여 새로운 모험을 시작하였습니다.
앞으로도 혁신과 실험을 거듭하며 변화하는 트렌드에 발맞춘, 놀랍고 강력한 콘텐츠를 만들어내는 한편 전세계의 다양한 작가들과 독자들이 즐겁게 만날 수 있는 플랫폼으로 거듭나고자 합니다.

#10
가비지타임
글 · 그림 2사장
GARBAGE TIME

WONJOONG
HIGH SCHOOL

CONTENTS

SEASON-2	47화	☆	007
SEASON-2	48화	☆	033
SEASON-2	49화	☆	057
SEASON-2	50화	☆	083
SEASON-2	51화	☆	105
SEASON-2	52화	☆	133
SEASON-2	53화	☆	161
SEASON-2	54화	☆	187
SEASON-2	55화	☆	219
SEASON-2	56화	☆	243
EXTRA EDITION	전학	☆	265

GARBAGE TIME

SEASON-2

47화

GARBAGE TIME

태성이.

준수 승질 쫌 건들지 마라.
준수가 그래 밉나?

성질 건드린 적 없는데요?

인마.
다 보고 있었는데 어디서 구라를...
준수같이 자존심 센 놈한테 복수 해줄라면은
쫌 더 세련된 방법으로 해야지.

66!

08 : 33
원중고 지상고
4
69 : 64
66!

조재석이다!

3점!

흔들렸어!

길다!

리바운드!

아직까지
이 정도 점수 차면
원중고 위험한데.

진짜…

다시 3점 차!
: 14
원중고 지상고
4
69 : 66
큰일 났다….
시간이 가면 갈수록
6번 수비가 빠세지고 있다고.
젠장…
그렇게

15
열심히
연습했는데….

30명에 가까운
농구부원들이
함께 생활하는 곳.
어머니들은
우리를 위해 식사 준비나
여러 가지를 도와주신다.
우리 엄마는
그중에서도
최고참.
버섯 조금만
더 주세요
에구, 벌써
다 떨어졌는데
어떡해?
힝ㅠ
좀 더 해둘걸
이거 애들이
좋아하는데…
형이 중학생일
때부터 했으니까
몇 년째지.
…아무튼
오래됐다.

원중고
103회 졸업생
조형석
KOREA
형이 1년에 몇 억씩
벌어다주는데 그냥
집에서 쉬지
뭐 하러 고생이람.
어차피 난
연습 게임도
못 뛰는 후보 중에
후본데.
대정신
NJOONG

짜면 먹지 마, X꺄.
아
고기가 좀 짜네.
?
응, 안 먹어. 편의점이나 가서 배 채워야지.
이 X발놈이…!
야! 너 갑자기 왜 이래!?

야! 조재석!
친구한테 그게 무슨 말버릇이야!? 얼른 사과해!
아니 이 X끼가 먼저…
쓰흡!
빨리 사과 안 해!?
……
…미안하다.
WON

에이씨,
밥맛없게….

창피하다고.

엄마 말고

나 자신이 말야.

농구 하지 말걸.
고등학생 되면 나도 형만큼 크고 잘 뛰게 될 줄 알았는데 왜 형만 유전자 몰빵이냐고.
끼익
재석이니? 운동 안 가고 여기서 뭐 해? 다른 애들은 버스 타고 나갔는데.
오늘 아파서 쉬기로 했어요.
또 꾀병 부리는 거 아냐?
아, 아니에요.

어머니가 요즘 요 앞 산꼭대기에 있는 절 다니시더라.
매일 거기서 108 기도 드리신대.
재석이 5센치만 더 크게 해달라고.
형만큼 크게 낳아주지 못했다고 재석이한테 항상 미안해하셔.
…여기 청소는 나중에 해야겠네.
푹 쉬렴.
철퍽

내가
작은 게 뭐가
자기 탓이라고…
진짜 108배 한다고
키가 클 거라고
생각하는 건가?
엄마는
바보야.

그 뒤로 난
매일 1080개의
3점슛을 넣는 것을
목표로 연습했다.

공을 주워주는
사람도 없고

슛 정확도도
떨어져서 처음엔
하루 종일 던져도
숫자를 채우기
힘들었지만

얼마 안 가서
1080개를
집중을
안 하고
있네?

으아아악!?
또 블락이다!
너무해~!!!
속공!

원중고
백코트가 빨라!
노룩 패스!?
쏴앙
효과음 이상해!
진재유다!

아악!
탕
삐이익

파울!
자유투다!
의료
잠깐,
이렇게 되면…
지국민이 파울
네 개째야!

이거 조재석이 안 터지는 중에 지국민까지 파울 트러블…

혹시나 퇴장이라도 당하게 되면 엄청 큰 변수가 될지도 모르겠어요.

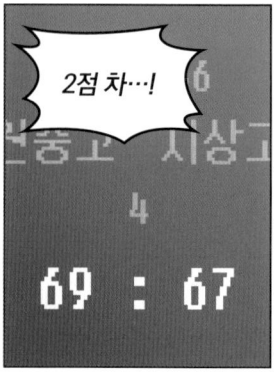

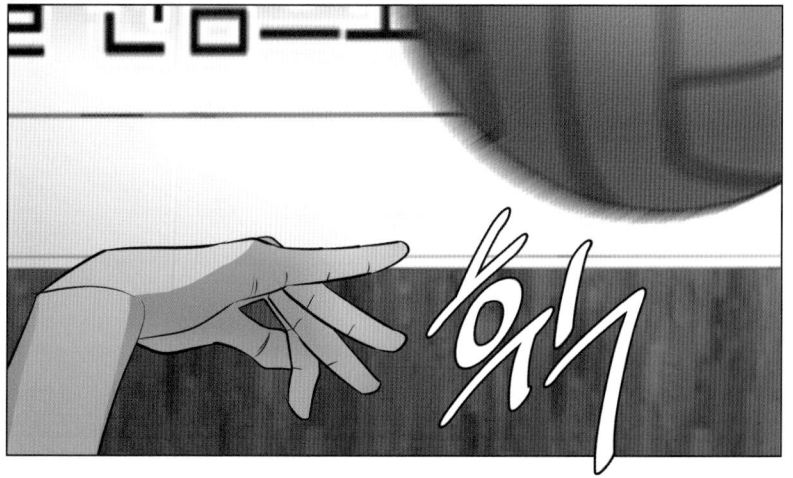

2구는
미스!

까비!

백코트!

집중해, 집중!
이제 진짜 하나 넣어야 돼!
교진이!
재석이한테 볼 옮기게 해!
재석이!
이제부터 볼 세우지 마!

승부수를 두는구만.

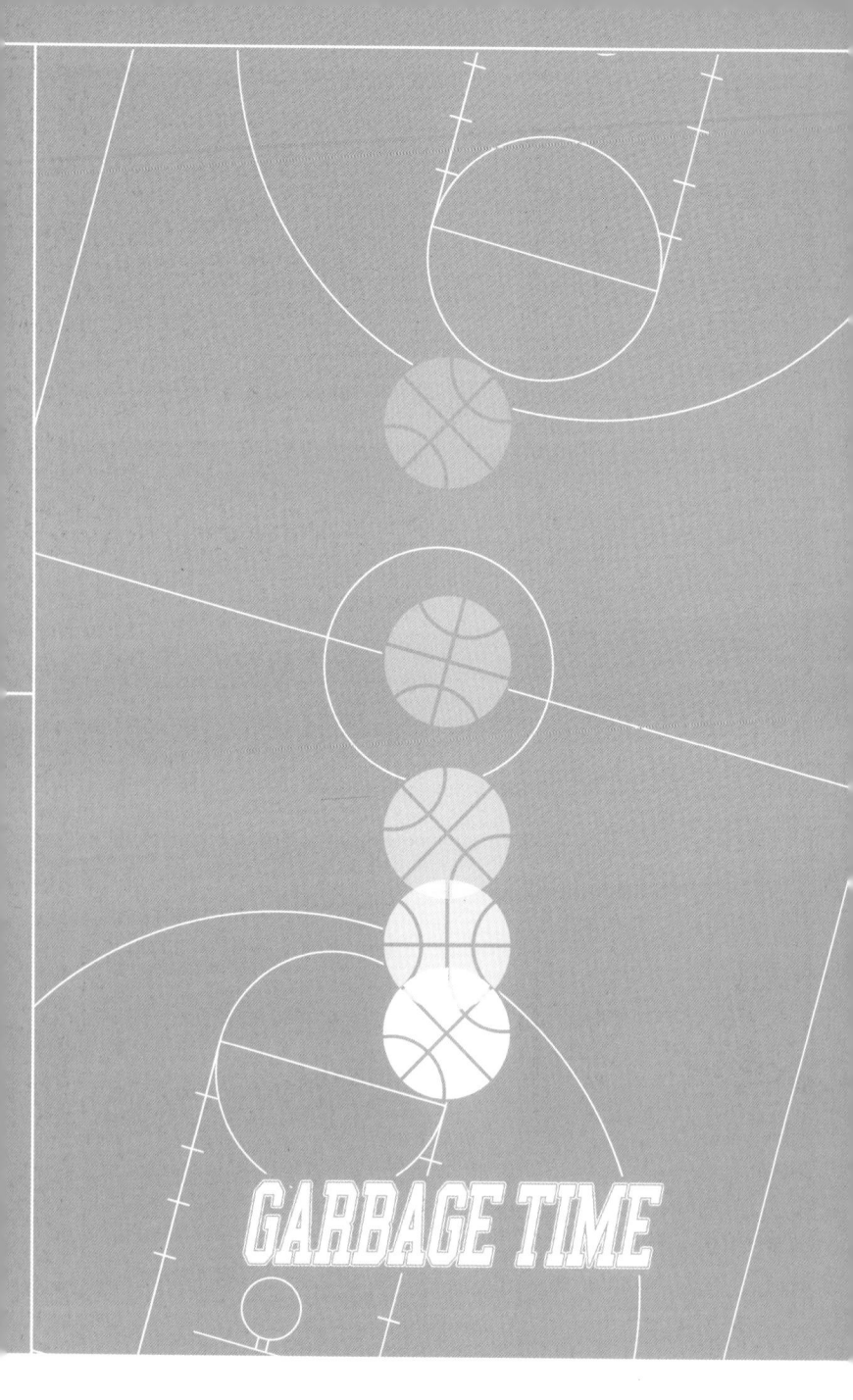
GARBAGE TIME

SEASON-2

48화

GARBAGE TIME

*트랜지션(공수 전환) 상황, 수비가 정비되기 전 득점을 시도하는 것.

*트랜지션 중 볼 핸들러에게 거는 스크린.

바로
풀업 3점!?
굿샷!
07 : 48
원중고 지상고
4
72 : 67
풀업 3점을
저렇게
냅다 던지다니…!
역시
조재석이구만!
조재석 3점
대체 몇 개째야!?
6개인가!?
몰라 나도!

더블 드래그 스크린….

이제까지 원중고가 조재석에게 *캐치앤샷 찬스를 몰아주기 위해 사용했던 일회성에 가까운 패턴들보단 훨씬 단순하지만

이건 상호가 패턴을 안다고 어떻게 할 수 있는 게 아이다.

수비가 정돈되기 전에 시작되는 패턴이기도 하고

파생되는 옵션이 엄청나게 많으니까.

*최초에 패스를 캐치한 상태(트리플쓰렛)에서 던지는 슛.

더블 드래그 스크린은 쉽게 말해 트랜지션 상황에서 투맨게임을 연속적으로 두 번 하면서 시작되는 것인데.

주요 옵션만 몇 개 얘기하자면

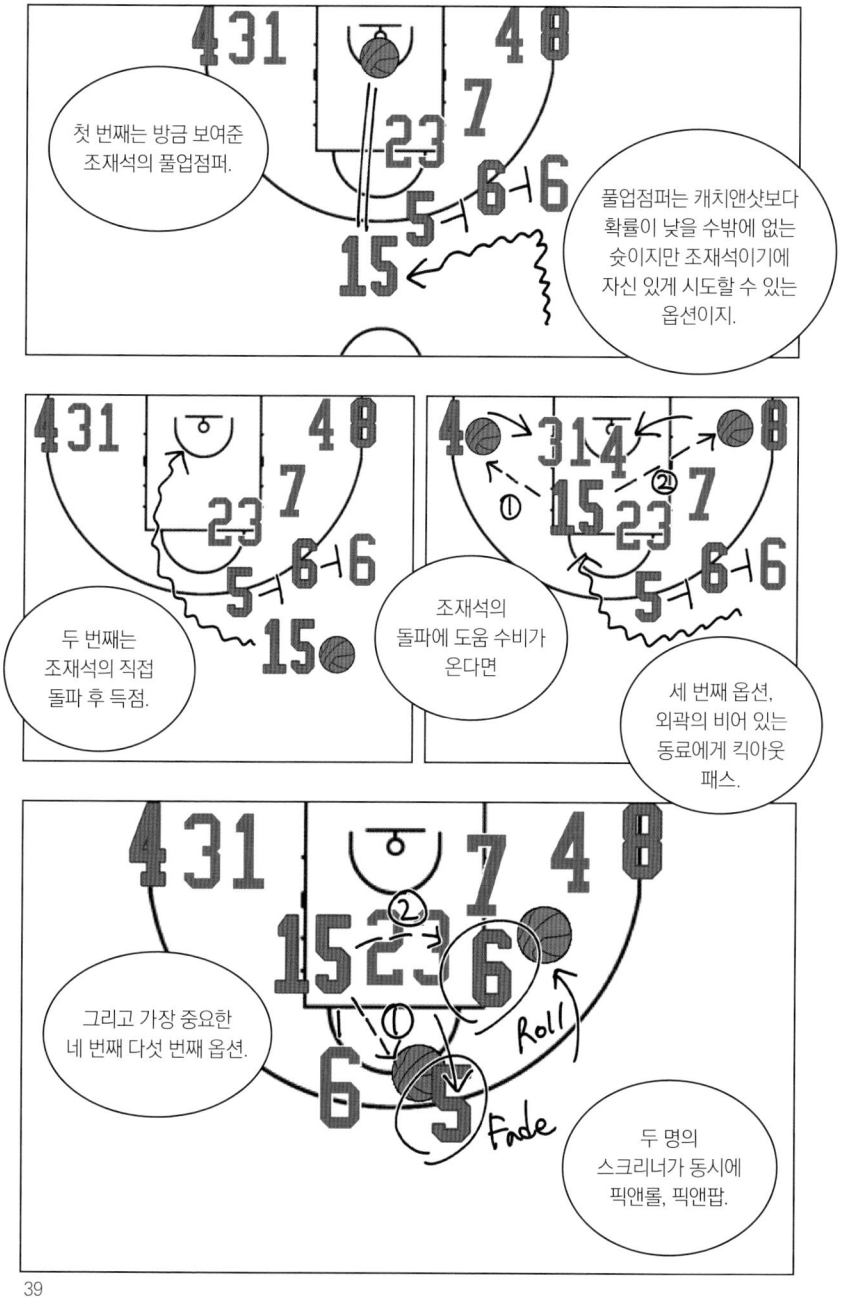
첫 번째는 방금 보여준 조재석의 풀업점퍼.
풀업점퍼는 캐치앤샷보다 확률이 낮을 수밖에 없는 슛이지만 조재석이기에 자신 있게 시도할 수 있는 옵션이지.
두 번째는 조재석의 직접 돌파 후 득점.
조재석의 돌파에 도움 수비가 온다면
세 번째 옵션, 외곽의 비어 있는 동료에게 킥아웃 패스.
그리고 가장 중요한 네 번째 다섯 번째 옵션.
Roll
Fade
두 명의 스크리너가 동시에 픽앤롤, 픽앤팝.

그야말로
슈터이자 포인트가드인 조재석의 능력을 100퍼센트 활용하는 전술이다.
슈우우우
굿샷!
중고 지상
4
76 : 69

하지만 트랜지션 상황에서 효과가 증폭되는 전술이니만큼 효율을 떨어뜨리는 방법 또한 단순하다.

골을 넣어서 얼리오펜스 상황 자체를 차단하거나

아니면

백코트를 빨리하면 그만이야.

태성 햄!

빨리 와요!!!
15
큭…!

3점!
박교진 오픈이다!
벌써 10점 차…!
점수 다시 벌어진다!
79 : 69
하필이면 태성이가 힘들어하는 타이밍에 페이스를 올려서 연속 득점…
타임아웃으로 흐름 한 번 끊고 가야 되나…?
나이스!

…아이다, 쫌만 더 참아보자. 확신도 없이 마지막 타임아웃을 써버릴 수는 없지.
어차피 백코트 빨리하라는 뻔한 얘기 외엔 해줄 수 있는 말도 없고
공태성이 1분 숨 돌릴 틈 만드는 거 말곤 아무 의미 없는 타임아웃이 될 테니까.
지금은 그냥…
득점을 해서 속공을 차단하길 바라는 수밖에 없다…!

볼 멈췄다!
찬스!
전영중 커버가 빨랐어!
다시 줘!

스탑점퍼…!
페이크야!
안 낚였어!
시간 없어!
빨리해!

준수!
큭…!
폭탄 처리 샷!
무리야!
흔들렸어! 리바운드!
!?

구, 굿샷…!

05 : 31
원중고 지상고
4
79 : 71

에이씨
3점인 줄 알았는데
라인 걸쳤나….

너 이 X끼
운 좋다?

뭐, 아쉬우면
3점 넣은 걸로
쳐줘요?

X까
XX아.

백코트도 제대로
못 하는 X끼가
입만 살아가지고…

패스!
나 줘!
WON JONG
탁
일대일인가?
원중고가 지공 상황에서는 지국민을 중심으로 풀어가려는 모양인데?
디나이 때문에 엔트리패스를 쉽게 못 받으니까 결국 나와서 페이스업으로 시작하려는 모양이야.
지국민 페이스업도 잘해?
포스트업에 비해선 그냥저냥인데…

그래도
초보자인 데다가
꽤 지쳐 보이는 23번이
상대라면
충분히 효과가
있을 거야.
JISANG
23

23
에이씨…!

나이스!
05 : 17
원중고 지상고
4
81 : 71
앤드원!

23번도
파울 네 개째야!

아 염병 진짜…!

지상고
큰일인걸.

위근철
23번 이제 파울 하나 더 하면 퇴장이라 수비도 빡세게 못 할 텐데.
뭔가 수를 쓰지 않으면
05 : 17
원중고 지상고
4
82 : 71

23번이
구멍이 돼서

아마 이대로
게임이 끝날 거야.

병X.

'나름대로 생각이 있다고요'
이 X랄 X나 하더니

뇌 있는 거
맞냐?

SEASON-2

49화

GARBAGE TIME

그렇게 해서
니가 쟤한테 이길 수
있을 거 같아?

경기 시간
얼마 안 남았으니까
힘들어도 참고
속공 한 번이라도
더 뛰어.

그렇게 하면

분명히
한 번은
기회 온다.

31번
파고든다!
마무리해!
나이스!
05 : 01
중고 지상
4
82 : 73
전영중이
진재유한테 가니
이제는 31번으로
공략하는구만.
원중고 입장에선
꽤나 얄밉겠어.

괜찮아! 괜찮아!
나한테 몰아줘!
또 지국민이다!
마음껏 요리해봐!

공격 한번 갔다 올 때마다 표정이 점점 썩어가는구나.

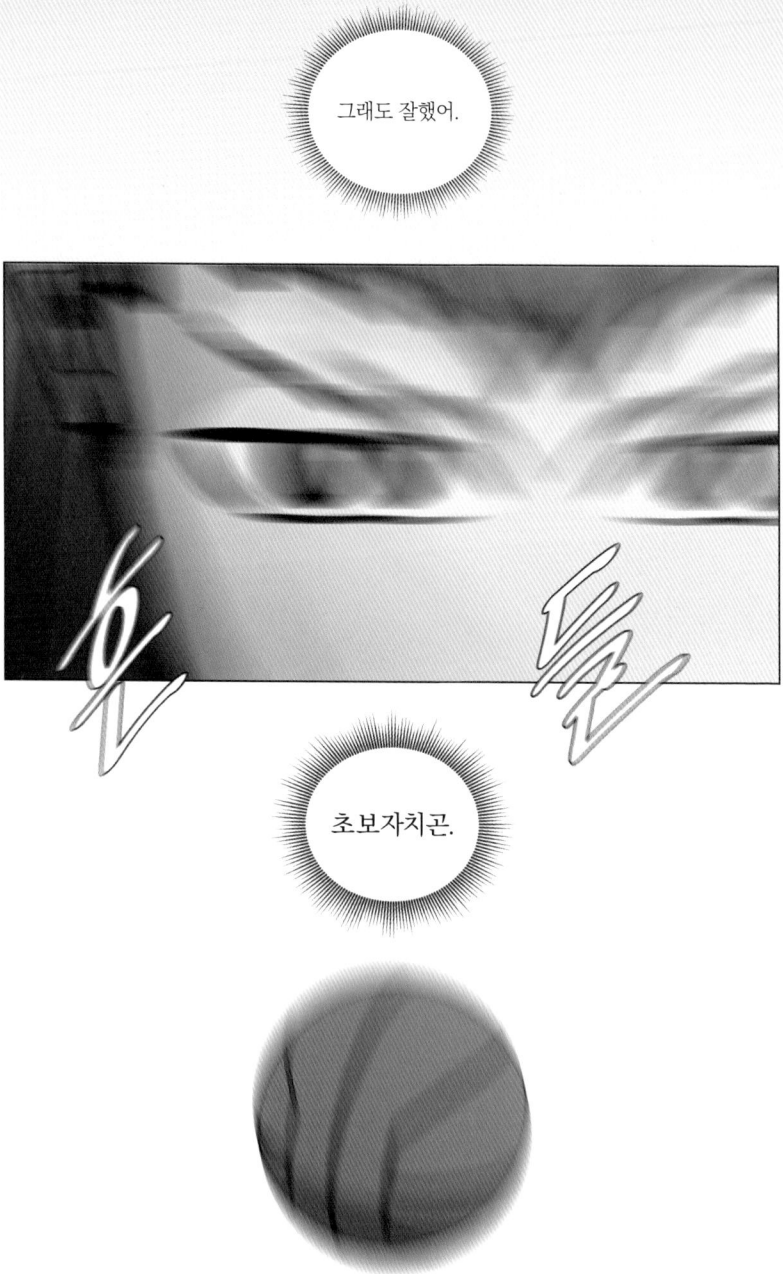
그래도 잘했어.
초보자치곤.

JISANC
23
타

포스트업 전환!
밀고 들어가!
타
방금

웃…!
23번
못 버틴다!
이렇게 쉬운
상대가 있을
줄이야.
세상에…

그 잘난 운동 능력도

스태미나가 부족하니 아무 소용이 없구나.

그럼 초보자는 초보자답게…

*양손을 이용한 골 밑 마무리 연습.

집 가서 *마이칸 드릴이나 더 하고 와!

FOU
5

!?
6번
저 또라이
자식이…!
외곽의 조재석을
버리고 도움 수비를
오다니…!

말도 안 되는
도박을 했어!

도박이라니.
지국민은
패스를 빼주지
않는다.

시야가 좁거든.

심지어 조재석이
비어 있을 줄은

생각도 못 했겠지.
됐어!
속공이다!
뛰어!
전영중 벌써 돌아왔어!

상호! 여기!
휙
탁
그대로 3점!?
휙
급해!
31번!

한참
빠졌어!

에어볼이야!
잡아!
싸아아

잠깐
이거…

숏이…
아니야…!

JISANG
23

앨리웁 덩크…!
04 : 46
원중고 지상고
4
82 : 75
그리고 앤드원!!!
삐이이이
지국민
퇴장이다!!!

아직… 아직 모른다…!

오우 우리 태성이~
그렇게 말 잘 들으니까 얼마나 좋아?
…
역겨운 말투 쓰지 말아줄래요
덩크한 지 1초 만에 다시 기분 더러워졌거든요.
그리고 착각하지 마요. 내 의지로 달린 거니까.
오 이거 약간 '임시 동맹' 장면 같지 않아요?
태성 햄 촌촌거리긴
'어쩔 수 없군. 이번만 임시 동맹이다!'
'널 죽이는 건 저 녀석들을 처리한 다음이다…!'
오오 ㄹㅇ!
지상
지상

저도 나름
이겨야 하는
이유가 있거든요.

시시하네….

추가 자유투 1구!

넣을 수
있으려나.

23번 자유투
형편없던데.

야, X신!

림 크기를
상상하면서 던져.
JISANG
31

림이 우리들 시선에는
좁아 보여도 사실은 농구공
세 개를 걸쳐놓을 수 있을
정도의 크기래.
이걸 이미지화하는
것만으로도 슈팅 능력이
개선되는 효과가…
푸핫!

그딴 사이비 과학 같은 말을 믿는다고요? 보기보다 순진하시네.

너보다 농구 훨씬 많이 아는 NBA 코치들이 쓴 책에 나온 말이야.

그 사람들이라고 뭐 맨날 맞는 건 아니죠.

아니 X발 그래서 내가 니한테 슛 좋아지는 음이온 팔찌 판다 했냐?

손해 보는 것도 없는데 사고방식 X나 이해 안 가네.

알아서 해 X신. 평생 내 3점 성공률보다 못한 자유투 성공률로 살아라.

에이, 제 자유투가 아무리 구려도 15퍼센트보단 높죠.

죽인다 진짜로.

탁

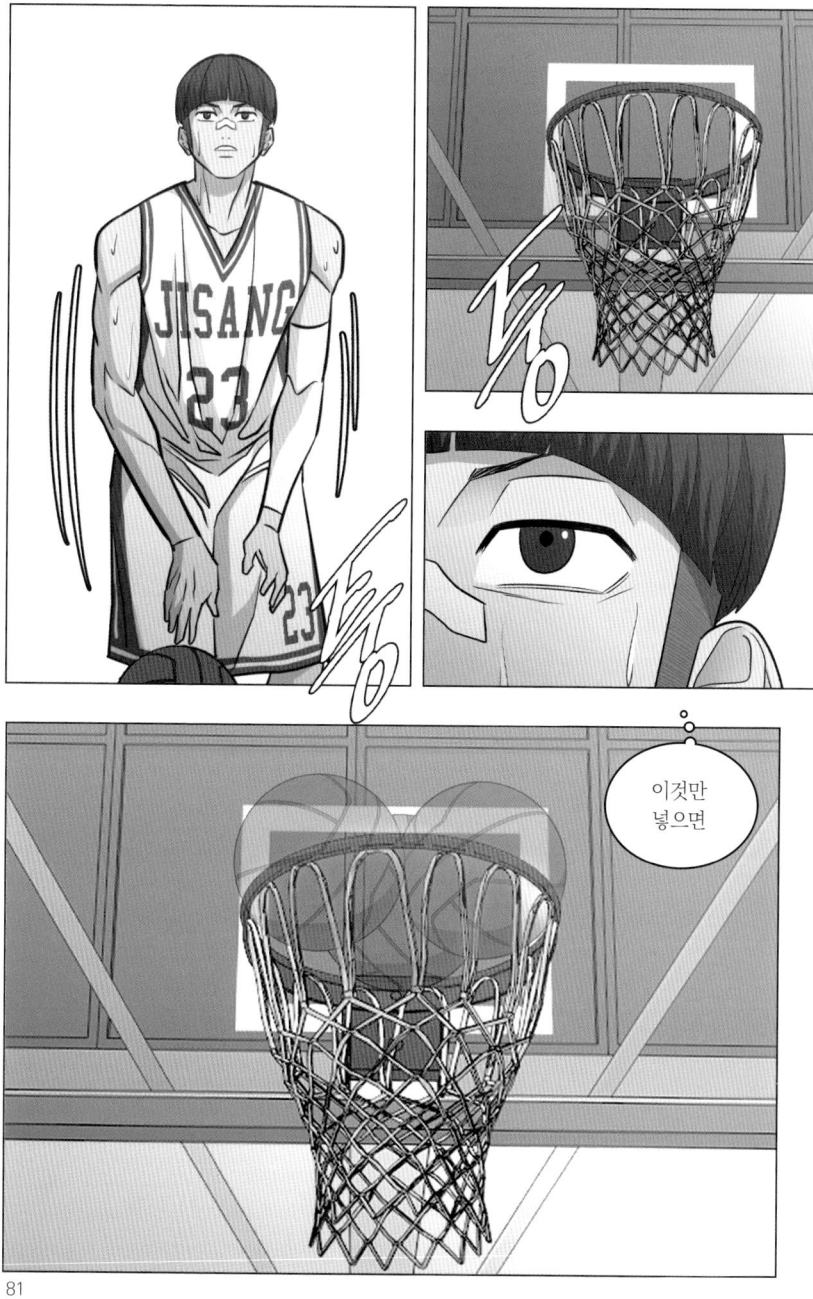
JISANG
23
23
이것만
넣으면

6점 차….
휙

SEASON-2

50화

GARBAGE TIME

swoosh
굿샷!
6점 차!
04 : 46
원중고 지상고
4
82 : 76

아~ 별생각 없이
떤져도 강 드가네~

뭐래 X신.

준수 짜슥…

방금 그 패스는
지국민한테는 닿지 않으면서
공태성은 받을 수 있는
절묘한 높이의 패스였다.

슈터라 그런가
패스도 정확하네

설마 그걸
한 손으로 잡아서
덩크로 마무리할
줄은….

그냥 적당히
슛하라고 준 건데

헤이! 헤이! 뒤 봐!
재들 또 달린다!
에이씨, 골 넣었는데 왜 또…!
속공 이미 늦었다고 바보들아!
국민이 형이 퇴장당한 이상 더블 드래그 스크린은 할 수 없어.
지공을 해도 국민이 형이 없으니 수비가 나한테 집중되기 쉬울 거고…
스크린 후에 중거리슛을 안정적으로 던질 수 있는 건 국민이 형뿐이니까.
Roll
Fade

답은 달리는 거밖에 없어.

어차피

23번은 이미 한계다!

아앗!!!

휘아악
04 : 39
지상고
84 : 76
나이스! 나이스!
지상고 어렵게 득점해놓고 너무 쉽게 주는 거 아냐?
JISANG
23
23번 백코트도 안 돼, 퇴장 의식해서 손도 못 뻗어…
완전히 집중 공략 대상이야.
원중고도 새삼 대단해.
6
지상고가 예상외로 잘 쫓아오는 바람에 이휘성이나 조재석, 전영중은 교체도 못 하고 뛰고 있는데 아직까지 저렇게 달릴 수 있다니 말이야.
공태성!

빨리 와가지고 자리 쫌 잡아라!
다 왔어요 다 왔어!
니 기다리다가 공격 시간 다 잡아먹는다고!
16
시간 없어! 빨리해!
쳇…!
오케이! 걸렸다!

직접 해결해!
탁
탁
탁

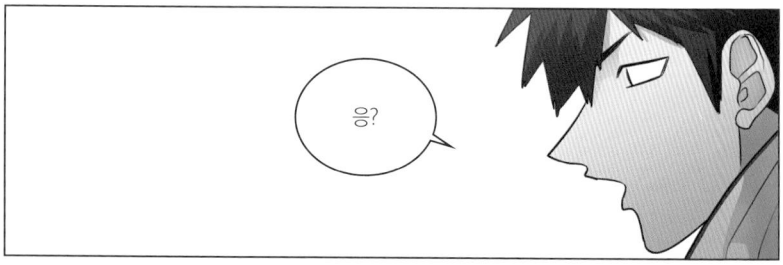

기상호가
일대일?

수비 달고 3점!

흔들렸어!
리바…!

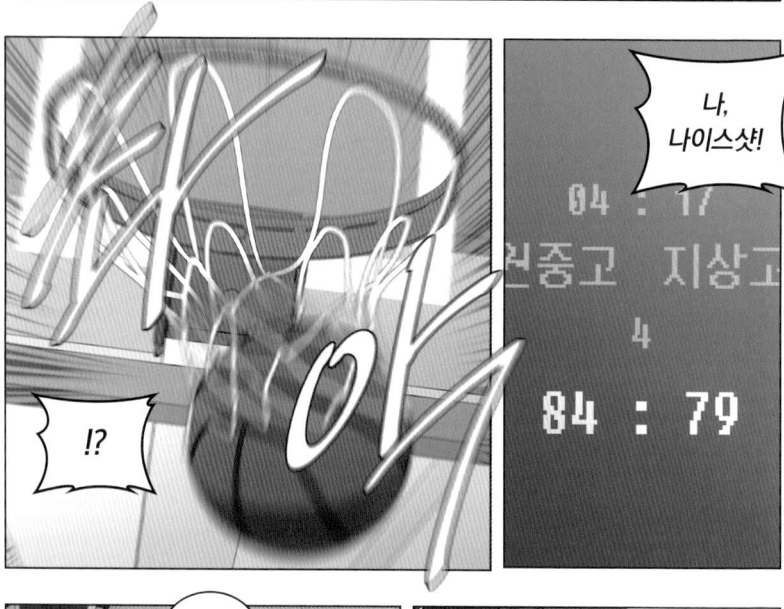
나,
나이스샷!
04 : 17
4
84 : 79
!?

야.
이제 3점
세 개 남았다.

칫…!
재수 없어…!

마!
빨리 뛰라!
온다!

교체 투입되면서
체력에 여유가 있는 6번
혼자 코트 4분의 3 지점부터
조재석을 체크.
조금이라도
코트를 넘어오는 시간을
늦추려는 건가.
그런데

그다지 효과는 없어 보이는군.

지상고 수비가 전혀 안 되고 있어!

재유.

나 지금 감 좋아.

안 풀리면 바로 나한테 줘.

…어,
알았다.
USAN
31
전영중이
다시 31번에게
붙었다.
31번 숏감이
심상치 않긴 해.
아무래도 그걸 의식한
선택이겠지.
재유…

지금이 기회다!

제꼈다!

그대로 올라가!

반대편으로 패스!?
어렵게 잡았다
우왓!?
푸핫!
준수 이거…

지금 일대일 하자는 거냐? 나랑?

나 없는 동안 많이 신났나봐?

.....

씨익

기습 3점!?
읽혔어! 무리야!
윙
리바운드!

ok
여,
연속 3점…!?
03 : 42
원중고 지상고
4
86 : 82
이제
4점 차…!
점수 차가
이상하게 점점
줄고 있어!

멍청아.
시간 됐다.
31
4

SEASON-2

51화

GARBAGE TIME

농구라는 스포츠를
간단하게 설명해달라고 한다면
나라면 이렇게 말할 거다.

드리블이나
스크린,

혹은 정확한
롱패스 등을
이용해서

순간적으로
공격자에게
수비자가 없는 상황,

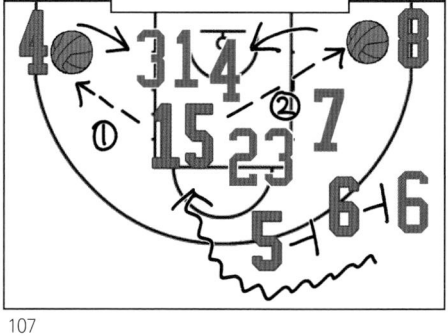

그런 '균열'을
만들고

그 '균열'을 이용해
가장 확률 높은
슛을 던진다.

방금 몇 차례 동안
우리의 수비엔
그 '균열'이 없었다.

그 결과

지상고는
공격 제한 시간에
쫓겨

정상적인 플레이의
범주 안에서 가장
확률 낮은 슛인

컨테스트된
장거리슛을 던지도록
강요받았다.

31번은
블록을 피하기 위해
밸런스가 다 무너진 상태로
억지스럽게 슛을 던졌다.

그런데

열 번 던져
한두 번 들어가면
다행인 이 슛이

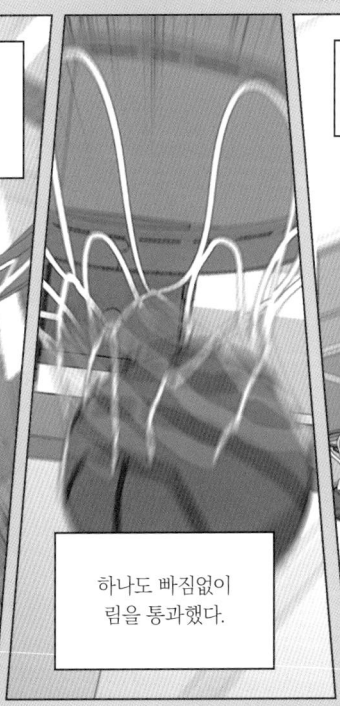
하나도 빠짐없이
림을 통과했다.

이건…

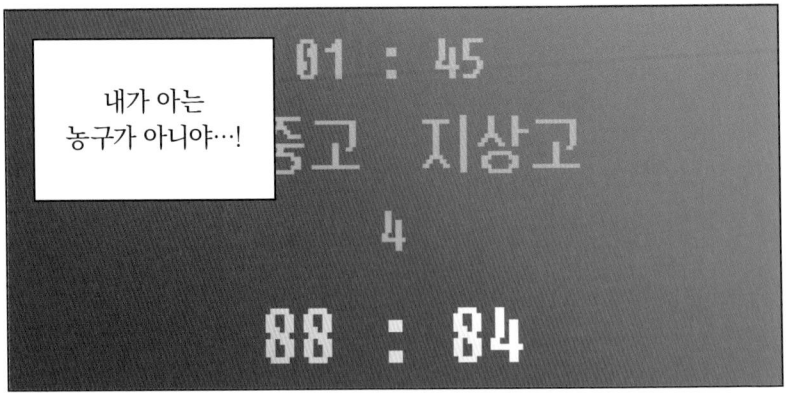
내가 아는
농구가 아니야…!
01 : 45
중고 지상고
4
88 : 84

시간 없어!

빨리해!

경기 막판이 되니
원중고도 슬슬 지치는
기색이 보이긴 하네.
아까처럼 적극적으로
달리는 농구는 보여주지
못하고 있어.

헤이!
탁
9번!
그대로 달려든다!
JISANG
23
23
공태성!
피해라! 사려야 된다고!
23번한테서 파울을 유도하려는 거야!

!?
공격자 반칙!!!
나이스 디펜스다!

샷클락도 얼마 안 남았는데 파울을 유도할 생각을 하다니…!

9번 저 큰 놈이 전속력으로 달려드는데… 배짱이 보통이 아냐, 31번…!

……

성준수…

넌 참
한결같은
놈이구나.

농구를 시작하고
얼마 지나지 않아
하게 된 연습 게임.

귀여운 수준의
경기이긴 했지만
나름 접전이었지.

1점 뒤지는 상황,
마지막 공격을 앞둔
작전타임에서 코치 쌤은
나한테 마지막 슛을
지시하셨다.

그야 그때 같이
농구 시작한 애들
사이에선 내가 제일 키도
크고 잘했으니까.

근데
그 지시를 듣고
난…

그만
울어버렸어.

난생처음 부담감, 중압감,
이런 걸 느껴보니까
덜컥 겁이 나더라고.

지금 생각해보면
고작 연습 게임인데…
그 나이 땐 컴퓨터 게임
한 판도 목숨 걸고 하던 때라
그런 거 몰랐다고.

근데
준수는 거기서
손을 들더라고.
KINAE
31
자기가
던지겠다면서.

코치 쌤의 허락을 받은 준수는
브랜배리게치린대빈 브란로스팃히얼컴즈 매끄래리노다이너마이트리매이닌…
영어인지 뭔지 알아들을 수 없는 발음으로 주문 같은 걸 외더니
신이 나서 마지막 슛을 던졌다.

그 슛이 들어갔는지
어쨌는지까진
기억 안 나지만

그 뒤로도 준수는
고등학교 올라가기 전까진
종종 마지막 *클러치샷을
던질 기회를 얻었다.

*경기 막판 승패에 중요한 영향을 끼치는 결정적인 슛.

정말이지 예전부터
겁이 없는 놈이었다니까.

그때도
똑같았어.

넌 어떻게 별 고민도 없이 전학 가는 걸 선택할 수 있는 거냐?
어디 가는 게 좋을지 알아봐야지, 뭐.
근데 난…
나는…
여기서 살아남을 거야.
거짓말 하지 마.
그냥…

전학을 가서
농구를 계속할지

난 그냥
공부나 할래.

솔직히 언젠간
이렇게 될 줄
알았어.

그냥 모른 척한
거뿐이지.

아니면 농구를
그만할지…

**선택하는 게
무서웠을 뿐이잖아.**

실패하지 않은 것처럼
느껴지니까.

그런데

운이 좋았지.

신체 성장이
거의 마무리되는
고등학교 시기에

내 몸은
다른 애들과는 다르게
큰 폭으로 성장했거든.

키도 4센치나 커졌고
원래 좋은 편이었던
운동 능력은 더 좋아졌다.

기술은 뭐
남들 느는 만큼
늘었고…

자연스럽게
주전 멤버에도
들었다.

그다지
기쁘진 않더라.

성장한 건
내가 아니라

내 몸이었거든.

난 그냥…

관성대로
움직였을 뿐인데.

어때?

준수 넌 그렇게
멋있는데

난 엄청
한심하지?

아니.

한심한 건…

성준수 너잖아…!
누가 그런
이상한 학교로
전학 가래?

누가 그런 사투리도 아니고 서울말도 아닌 X신 같은 말투 쓰라고 했냐고?
끼기기
누가…
헉
쨍
누가 그 별 볼 일 없는 몸뚱아리로…

누가 계속
농구 하래!!!

31

…Bowen is all over…

McGrady…
…Foul was picked up…

JISANG
31
31

성기장 질서문란 형

01 : 20
원중고 지상
4
88 : 84
01 : 20
고 지상고
4
88 : 87
신유고가 상평고 이긴 거 알고 있지?
오늘 내가…
니들 잡고 8강 확정시킨다.

SEASON-2

52화

GARBAGE TIME

우,
우와아악!!!
3점
앤드원!!!

이제
1점 차…!
자유투까지
넣으면
동점이다!

으아아앙!!!
지상고 너무 멋있어!!!
지상고
가고 싶어!!!

…하,

우리 준수
또 경우의 수 계산
X 빠지게 했나봐?

신유고가 이겼든
상평고가 이겼든 우린
그런 거 신경 안 써.

이번에도
3승으로
올라갈 거니까.

혹시
'클러치 능력'이라는
말 들어보셨습니까?
윤 감독님한테
이래 물어보면은
뻔한 반응이겠지.
"클러치 능력."
"경기 막판 접전 상황에서
평소 이상의 기량을
발휘하는 것을 뜻하는 말.
농구계의 대표적인
미신 중에 하나지."

"접전 상황이라는
압박감 속에서 평소'만큼'의
기량을 보여주는 데에는
선수마다 차이가 있을지 몰라도

평소를 '뛰어넘는' 기량을
보여줄 수 있다는 건
과학적으로 아무런 증명을
거치지 않은 말이다."

"나를 제외하고도
많은 농구 전문가들이
클러치 능력의 존재에 대해
부정적인 입장이지."

"조금만 생각해도
이상하지 않냐?
경기 막판이 되면
신체 능력이나 기술 수준이
상승한다는 것과
똑같은 말인데?"

"평소 이상의
기량이라 느껴지는 건
그저 체력 안배가
필요 없게 되는
경기 막판,
남은 힘과 집중력을
모두 쥐어짜내기에
생기는
'착시'에 불과해."

"'클러치 슈터'도
마찬가지."

"간혹
클러치 상황에서
평소보다 높은
성공률을 보여 주는
선수가
있긴 하다만"

하지만 감독님.

제가 봐온
준수는 여태껏

마지막 슛을
놓친 적이 없습니다.

표본 자체가 적다는 것에
반박할 수 없는 건 똑같지만…
분명히 뭔가 다르게 느껴진다고요.

이래 단정적으로
말해버리면은 또
태성이 같은 놈이
뭐라 할라나….

"감독님!

그 XX끼
조형고랑 할 때
마지막 슛
개같이 발렸는데요?"

…뭐, 블록당한 슛도
기록상으론 실패한 슛으로
처리되긴 하지만

내 눈은
꽤 정확하거든.

그 슛…

박뱅차이 손에만
안 닿았으면은

무조건
드가는 거였다.

준수 금마는…

ok
JISANC
31
중요할 땐
한 방 해주는
놈이거든.

추가 자유투까지 성공!
01 : 20
원중고 지상고
4
4점 플레이 완성…!
88 : 88
원중고랑 지상고가 동점이라니!!!
자, 자, 디펜스!
하나만 막읍시다!
하나 막고 하나만 넣으면 역전이에요!
JISANG
6

원중고
이번 공격
중요하다…!

이번엔
누구지?

조재석!

*탑에서
3점!

미스!
리바운드!
원중고 공격
리바운드다!
좋아!
뽈 밖으로 빼!
한 번 더
천천히 해보자!

야 공태성!!!

리바운드 미루지 마!

지금 니 말고도 다 힘든 시간대라고!

뒤질 거 같아도 1분만 참고 뛰어!

헉 어휴 시끄러…! 헉

집중해!

온다!
끼아
걸렸다!

볼 잡아!
오케이!
진재유!
넘겨!

됐다!
앞에 아무도 없어!
근데…
너무 길어!
볼 살려야 돼!

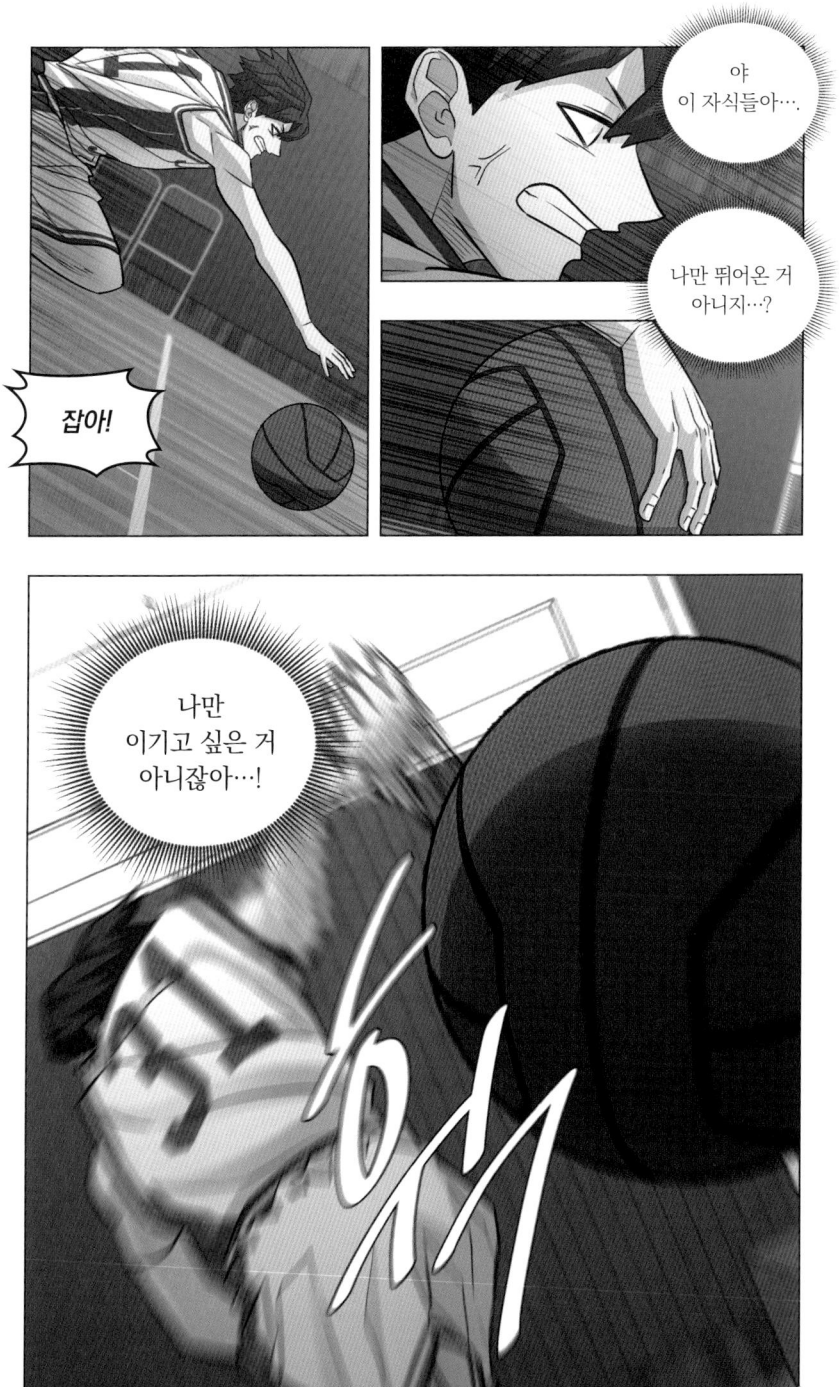
잡아!
야
이 자식들아….
나만 뛰어온 거
아니지…?
나만
이기고 싶은 거
아니잖아…!
휘

제발
누구라도…
31

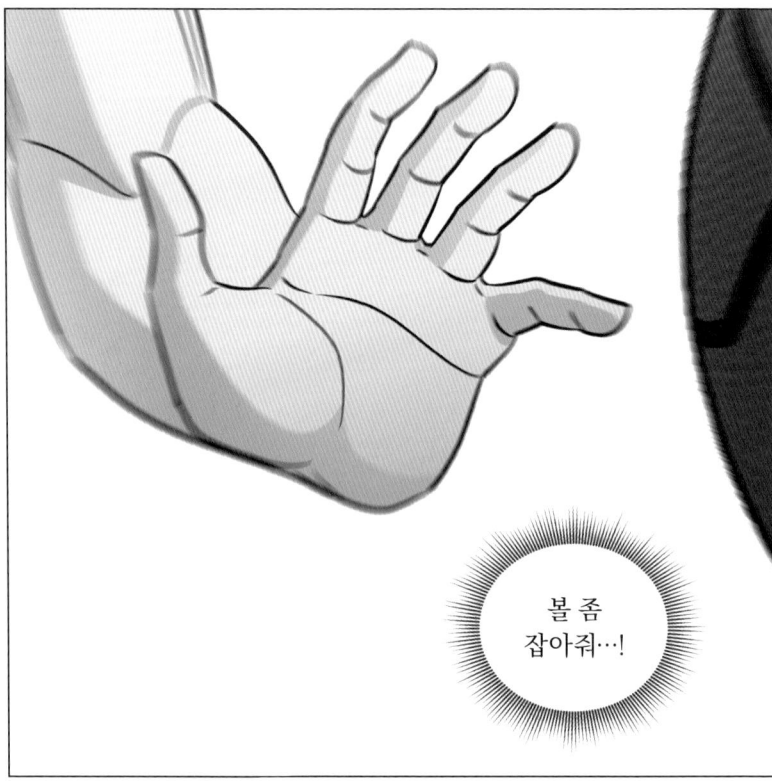
볼 좀
잡아줘…!

ドン

태성 햄!

마무리!!!

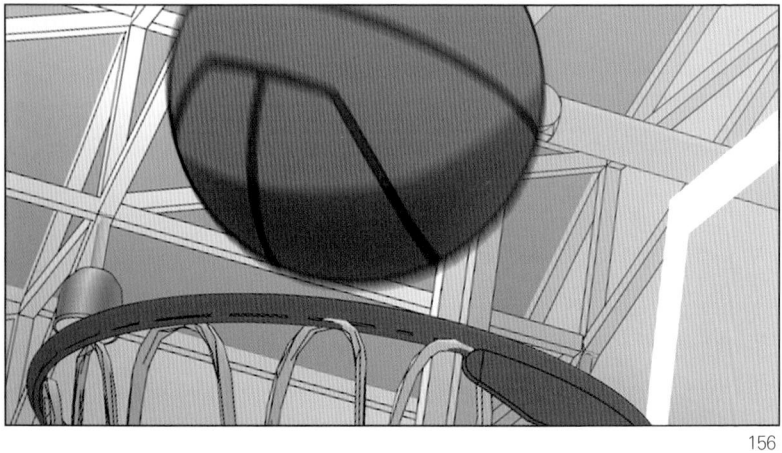

HA
OK
23

지상고…!

00 : 39

원중고 지상고

4

역전이다!!!

88 : 90

X신

멋있게 하나
살려놨더니 레이업하고
자빠졌네.

뭐, 니한텐
초고난도 동작인
왼손 레이업이긴
하지만.

헉
덩크하는 게
얼마나 힘 빠지는지
알지도 못하면서…
헉
헉
이래서 옛말에
덩크 못 하는 사람이랑은
말 섞는 거 아니라고…
헉
이 XXX이….

야! 야!
잡담할 시간
없다!

타임아웃
없어!
두
두
바로 온다!

이번 수비만 성공하면 지상고가 승리할 가능성이 엄청 높아진다….
상호…
부탁한다…!
WONJOONG
15
6

SEASON-2

53화

GARBAGE TIME

빨강!
빨강!

빨강…???
이러면 여태 알아낸 게 아무 의미가 없어지는데…
마지막 숏을 위해 아껴둔 패턴인가….

그래도 가장 확률이 높은 선택지는

조재석이
직접 슛…
휙
!?
전영중이다!
허를
찔렀어!
그대로
올라가!
타

31번이
이미 따라붙었다!
스크린이
제대로 안 됐어!
패턴 실패다!

칫…!
헉
탁
재석아! 패턴 다시 할 시간 없어!
그냥 일대일 해!
부담 갖지 말고 2점만 넣어도 돼!

형!
여기!
왼쪽!
조심!
오케!

JISANG
6
WONJOON
9

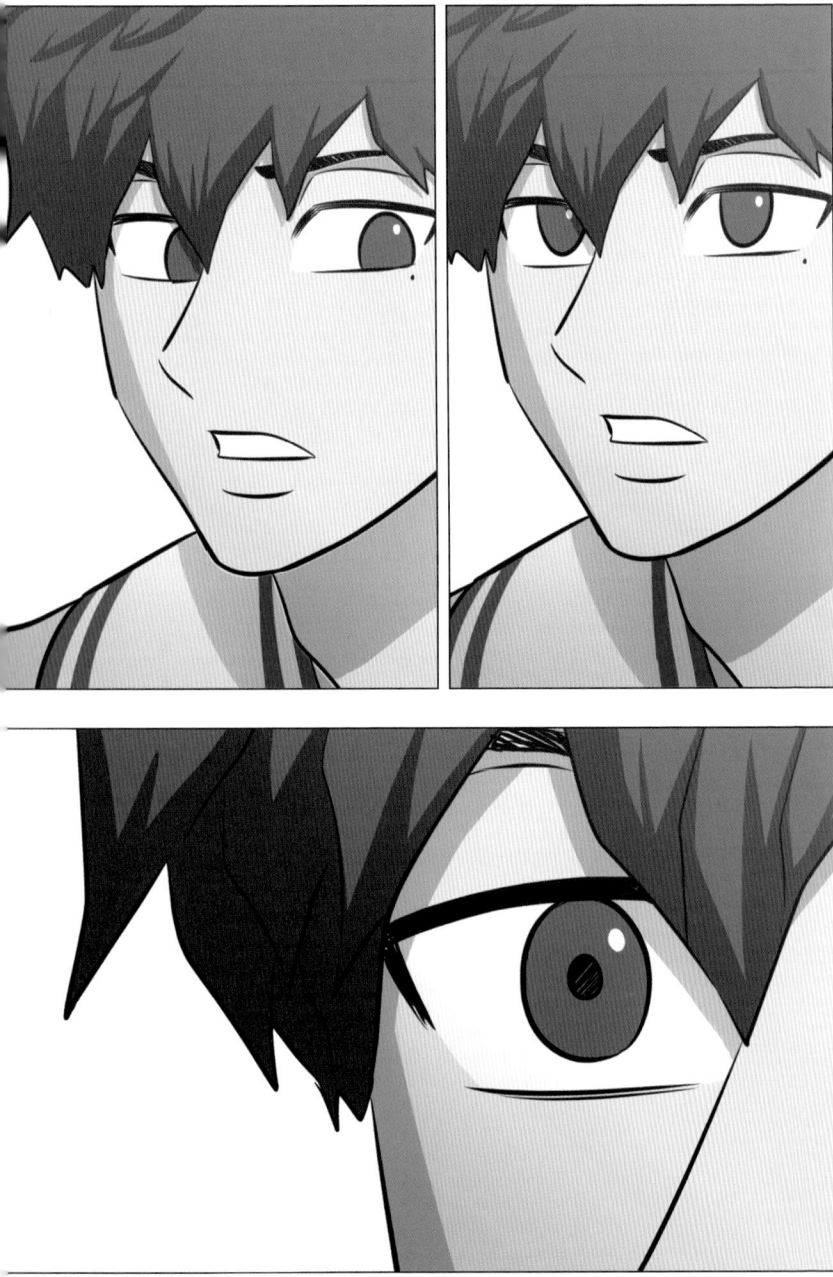

저기서…
그대로
3점…!?
15
15
6

야 이…

못 넣으면…

죽일 거야….

15
ドリブル

조재석
저 미친놈…!

3점 라인
서너 발 뒤에서
그대로 던지다니…!

츄크! 핏슝~!

250사로
명중!

역전이다!!!
00 : 22
권중고 지상고
4
91 : 90
지상고 타임아웃!
아 바로 떤질 거 딱 하나 생각 못 하고 있었는데…
실수를…
괘안타 괘안타!
시간 충분해!
참… 지상고 입장에선 타임아웃이 애매하게 돼버렸네.
31번 슛감 끊길까봐 23번 백코트 제대로 안 되는 거 감수하면서까지 타임아웃 참아왔는데

이렇게 역전 허용하고
타임아웃 불러버리면
원중고는 조재석 빼고
수비 올인 라인업으로
나올 거라고.
이번 수비만
성공하면
게임 끝이니까.
지상고는 어차피
타임아웃 불러놓고
연습했던 패턴
복습하는 게 다일 텐데
그렇다고 고등학생들
마지막 플레이에
타임아웃 안 부를 수도
없는 노릇이고…
참 애매하네.

……

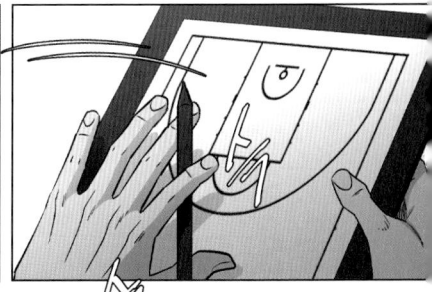

얘들아, 그냥
신유고랑 할 때 했던 이거,
'쉿' 한 번만 더 해보자.

어차피 원중고는
우리들 경기
보러 오지도 않았으니
이 패턴 알고 있을 리도
없고

신유고 때도
나름 잘됐으니까.
우 장도고
오히려
그때보다 잘될 기다.
이번에는 상호한테도
수비가 확실하게 붙어
있을 테니.

상호는
패턴 끝나면
코너로 가 있고.
옙…!

그리고 재유,
*원샷할 거니까
시간 충분히 끌다
10초쯤 남았을 때
패턴 시작하자.

글고 이번에
조재석이 빠지고
버섯 머리 나오는 거 같은데
금마 너무 의식하지 말고
니 플레이 하라고.

*원샷 플레이: 상대에게 공격 기회를 주지 않기 위해 게임 시간을 최대한 소비한 뒤 득점을 시도하는 것.

니가 금마
충분히
이길 수 있다.

혹시라도 저번처럼
*스위치하면
그냥 일대일 해.

지금 준수 슛감 좋으니까
안 되면 준수 주더라도
너무 의존하려고도 하지 말고
찬스 생기면 바로 땡기라고.

준수 쪽에 아마
견제가 집중될 거라
패스 주기도
쉽지 않을 테니까는.
오케이?

옙.

*수비자 간에 서로의 마크를 바꾸는 것.

슛 떤지면 뭐 해야겠노?
리바운드요.
그래. 또 정신 놓고 있다가 백코트하지 말고 전부 다 공격 리바운드 드가는 기다. 알았제?
옙.

수진이.
너 인터넷에서 경기 영상 찾아봤다면서?

혹시 뭐 알고 있는 거 없냐?
지상고가 신유고 경기 막판에 쓴 패턴이라든가….
WON JOONG
11

……

아뇨.
업로드된 게 저번 대회 영상까지라.
…알았다.

나 참…
다른 녀석을 분석하느라 정신이 팔려 지상고에 대해선 제대로 알아보지 못했는데

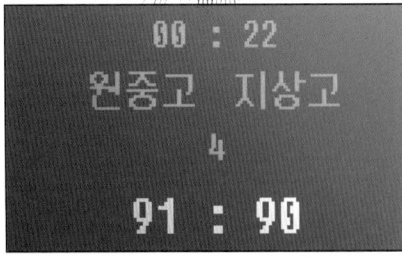

아 X나
시끄럽네 진짜.
꼬우면 내려오라고!

마! 내리가모
풀코스로 대접해주나!?

푸핳!
사투리 존X 잘해
이 X끼!

낄낄낄

야.
대꾸하지를
마라니까….

우수진 IN
조재석 OUT
USANG
탁
오케이!
천천히
시간 보내!
원샷!

JISANG
4

디펜스!
이거 하나
막으면 이깁니다!
WONJOONG
11

지상고 파이팅!

이거만 넣으면 우리 승리예요!

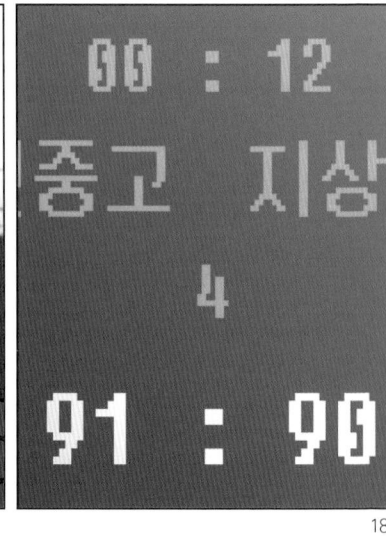

00 : 11
GO!!!

19

SEASON-2

54화

GARBAGE TIME

00 : 09

원중고 지상고

4

91 : 90

나한테 스크린 와도
아무도 스위치하지 마!

성준수
내가 잡는다!

장도고등학교

11번 스크린
잘 빠져나왔다!

준수…!
지금이다…!
WON JOONG
4

빙글

98
진재유…!
직접 득점…!?
97
4
파앗

안 돼….

무리다…!

06
준수
우장
부탁할게…!
오케이!
던져!

05
USA
전영중!?
바로
따라붙었다!

패턴
실패…!
코너에
갇혔어!
64

끝났다!

저러면
패스 길이
안 보인다고!

시간 없어!

어떻게든
던져야 돼!

X신.

혼자서는
아무것도
못 하는 놈.
평생
내한테…

절이나
하면서 살아라.
03

JISANG
11
4

02
JISANG

JISANG
35

51

パシ
11
YISANO
9

흔들렸다!
없어!

뭐라노? —

—빙ㅅ
같은 게.

JISANG
Hoop

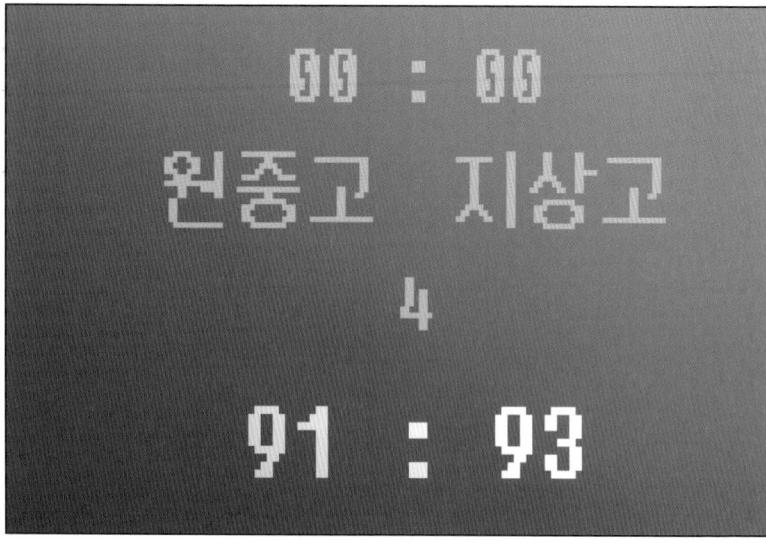
00 : 00
원중고 지상고
4
91 : 93

경기 종료

지상고 8강 진출
확정

교농구대회

대회

감독님.
이 패턴 이름은 왜 '쉿'이에요?

그야…

상대팀
응원단

다 입 다물게
만들 패턴이니까.
朝牛 늑대정신
71

저스
ISANG
준수 햄!!!

나이쓰 샷!!!

우왓!?

와랑

오늘 진짜 말도 안 되는 하드캐리였어요!

됐고 무거우니까 내려가!

JJSANG
23

탁

에이씨
기분 나쁘게
사람 머리를….
JISANG
23
31

잘했다
X까.
ISANG
23
23
ISANG

SEASON-2

55화

GARBAGE TIME

수고하셨사옵니다 즈언하~!

너 이 X끼 전하 그거 붙이지 말라 했지.

누구 약 올리냐?

전하를 안 붙이겠다고 약속한 적은 없사옵니다 즈언하~!

근데 하소서체가 그거 맞나?

제가 알 바입니까?

그러게 마지막에 2점 넣어도 되는 걸 꾸역꾸역 왜 3점을 던지셨사옵니까 즈언하~!

순 사기꾼 같은 X끼.

거기서 2점을 어떻게 던져 병X아.

시간도 없고 11번 달려들어서 빠져나온 다음 바로 던져야…

에휴, 됐다. 니가 농구 뭐 아냐?

……

야.

다음엔
머뭇거리지 마라
멍청아.

……
오~ 준수
지금 이겼다고
나 걱정해주는 거야?

아니, 니 뒤통수가
너무 애잔해 보여서
동정해주는 거야
병X아.

푸하하!
아무튼 축하해.
토너먼트 올라가서
또 보자.
WON JOON

니네가
그때까지 살아 있다면
말이야.

오늘 같은 슛감은
니 평생 다시는 안 올 테니까
집에 갈 준비 잘해놓고
기다려.

그럼 안녕~!

응.
꺼져.

희차이!

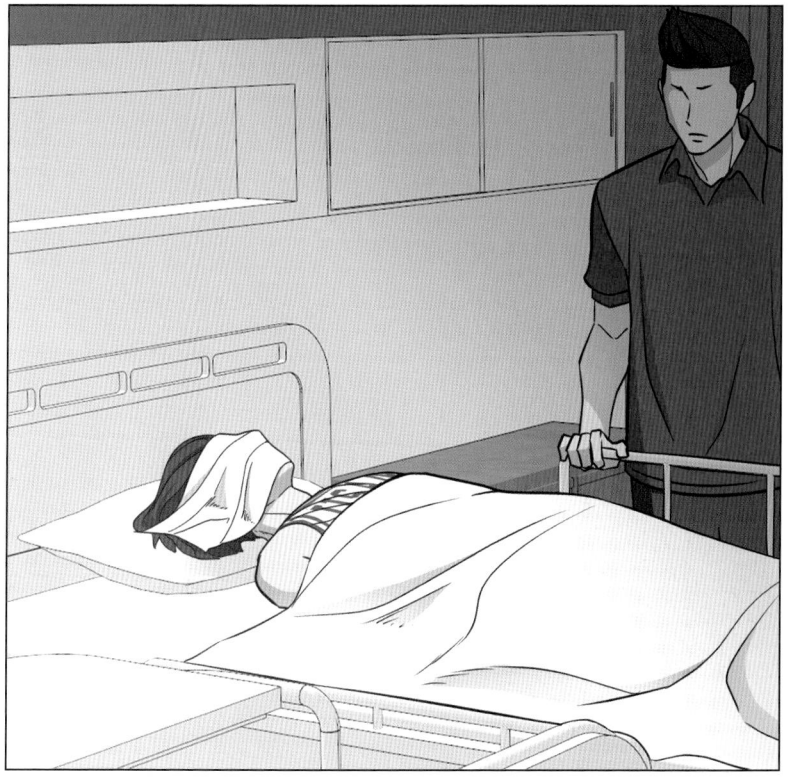

뒤졌네요.
가죠 이제.
지상
지상
에헤이!
이걸 안 받아주네!

님 팔 괜찮음?
대충 얘기는
들었는데…
게임
어예 됐노?
이겼나?

당연히 이겼지.
와아아악! 대박!!!
원중고를 이기다니…!
준수 햄이 넘 없을 때 3점 네 개 안 놓치고 꽂았음
아니, 내가 이긴다고 했다 아이가!?
아이고 내가 이 경기를 못 보다니~!
지사
지사

생각보다
쉽게 납득하네.
그러게.
못 믿을 줄
알았는데.

희차이!
내도 오늘 3점
세 개 연속으로
넣었다?

에이
거짓말.

다행히도 희찬이의
왼쪽 손목은 전치 2주짜리
부상으로 정도가 생각보다
심하지 않았다.

와 때려놓고
너가 우는데!?

후유증이 남을 만한
부상은 아니기에 희찬이
본인은 참고 뛸 만하다며
당장이라도 반깁스를
풀어버릴 기세였지만

8강 진출이라는
1차 목표도 이뤘고,

빠른 회복을 위해
한 명이 퇴장당하거나 심각한
부상을 당하는 등의 상황에
몰리지 않는 이상 무리해서
출전하지 않기로 결정되었다.

상승세인 팀에서 함께하지
못한다는 게 내심 아쉬웠을 텐데

희찬이는 전혀
내색하지 않았다.

그리고…

~

~

없어!
리리리리!
리바운드!!!
상평고와의
조별 예선
마지막 경기.
USANG

김다은!
넘겨!
탁
오케이!
열렸다!
마무리!

04 : 41
지상고 상평고
2
29 : 14
나이스~!
상평고 주전들의 슛감 난조라는 운이 따르면서
예상과는 다르게 초반부터 넉넉한 리드를 잡을 수 있었다.
들어가서 앉아!
이미 탈락이 확정되어 있는 상평고는 1~2학년들에게 대회 경험을 주기 위해선지 꽤 이른 시간에 주전들을 빼면서 추격을 포기했다.

……
숫 좀
안 들어간다고
질 줄은 몰랐는데…
원중고를
이겼다는 게 허투루는
아닌 모양이네.
그때랑은…

00 : 00
지상고 상평고
4
73 : 67
경기 종료
완전히 다른 팀이 돼버렸어.
주요 스탯
진재유 28득점
성준수 18득점
김다은 14리바운드
공태성 11리바운드
기상호 10득점(3PT 2/5)

경기 후반,
여느 때처럼 태성 햄이
지치면서 점수 차를
거의 다 따라잡혔다는 게
함정이긴 했지만

얘들아 답에는
쫌 너무좀게
이겨보자…

수명이
줄고 있다…

그래도 조 1위로
8강에 진출하는 데에
성공했다.

그리고 우리는

구력 1년 남짓의
초보자 둘과 함께
원중고를 이긴 것,

인터뷰 한번
부탁드립니다!

원중고 경기 중반부터
교체 없이 다섯 명만으로
8강에 진출한 것들로
인해 주목받기 시작했다.

~ ~

JISANG

주장 분도
인터뷰 한번
부탁드릴게요!

학년하고
이름 얘기해주세요!
3학년
성준수요.
ANG
JISANG
이번 대회
선전의 요인이 무엇이라고
생각하시는지 간략하게
답변해주세요!

음…
약간 기량 발전 같은 것도
조금 있었던 거 같고
어… 그, 약속된 플레이도
저기하게 됐기 때문에
그랬던 거 같아요.

……
못 쓰겠네
네, 감사합니다.
한 분만 더
인터뷰할게요!

어휴 답답해! 나와보시옵소서 전하!
니 그 말투 한 번만 더 하면 죽인다 진짜.
JISANG
이번 대회 선전의 요인이 무엇이라고 생각하시는지 간략하게 답변 부탁드려요!
…지상고등학교 농구부 성준수 군은
팀의 선전 요인에 대해 이렇게 답했습니다.

스포츠뉴스
성준수 지상고등학교
평소 팀원 간 끈끈한 우정과 신뢰를 바탕으로 형성되어온 유대감이 플레이에 도움이 되었다 생각합니다.

성준수 군은
쌍용기 전국남녀고교농구대회
조별예선 두 경기,

전국구 강호 원중고등학교를 상대로
3점슛 여섯 개를 포함한 30득점으로 승리를
견인하며 팀의 8강 진출에 중요한 역할을…
???

SEASON-2

56화

GARBAGE TIME

성준수…???
왜 이름이 잘못 나왔지?
끈끈한 우정을 과시하는 지상고 농구부.
스포츠뉴스
앞으로의 선전을 기대해봅니다.
그럼 설마 공태성이…
3점 여섯 개에 30득점…???

아 뭐냐고!?

내가 왜 성준순데!?

그딴 허접한 이름 싫다고!!!

저 X끼가…!

다음 날.

지상고는 토너먼트 대비를 위한 경기 관전을 위해 경기장을 찾았다.

겸사겸사
오늘 있을 원중고와 신유고의 경기도 관전할 계획.
WONJOONG HIGH SCHOOL
VS
SHIN YOO HIGH SCHOOL
新有
신유고등학교
조별예선에서 원중고에게 승리를 거둔 지상고는
서서히 세계인의 주목을 받기 시작했다.
웅성웅성 수군수군
아~기 상호!
뚜 루룹 뚜룹!

숏 없는!
뚜 루룹 뚜룹!
숏 있어요.
개뽀록!
뚜 루룹 뚜룹!
……
아기상호!
우리 좀 도와줘!
그런데 경기를 앞둔 신유고에게 뜻밖의 위기가 찾아왔다.
新有

그렇다.
잠깐 한눈판 사이에 창현이가 나무 위에 올라가버렸어!!!
허창현이 그만 나무 위로 올라가버린 것이었다.
???
어쩌지!? 구조대를 불러야 하나!?
창현아! 여기 봐봐! 니가 좋아하는 티라노야!

강 가자.

……

딱
앗!
탁

창현아,
어디 가!?
도다닥
도다닥
멈춰!

쉭

윽!
털썩

으아악!!!

버섯 사람이다!!!

어?
야.
또 이상한 짓 하지 말고 올라와.
또 싸움인가?
에이씨 재미없게….
어디 갔어!
창현아~!

……
손재주가 없는 건 아니었는데
이상하게도 옛날부터 친구가 없는 편이었다.

친구가 되고 싶었는데….

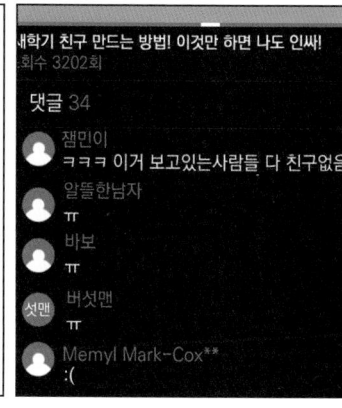
내학기 친구 만드는 방법! 이것만 하면 나도 인싸!
조회수 3202회
댓글 34
잼민이
ㅋㅋㅋ 이거 보고있는사람들 다 친구없음
알뜰한남자
ㅠ
바보
ㅠ
버섯맨
ㅠ
Memyl Mark-Cox**
:(

지난 경기의 신경전은 그저 게임의 일부였을 뿐
멋진 드리블이었습니다
너 수비도 대단하더라!
사삭사삭

힝ㅠ
쟤 너무 무섭게 생김
형도요
WONJOONG
7

야,
니네들.

잠깐
이리 와봐.

누, 누구?
그 알록달록이들
전부 다.
왜…?
먹을 거
주게.

우, 우리 배 안 고파…
밥 먹고 왔어…
아! 오라면 오라고!
내 성의 무시하냐!?

꼬장 그만 부리고 자리 가서 앉아.
딱 콩
니들도 조용히 경기 봐라. 안 그럼 혼난다.

태성 햄의 인성질 덕분에

신유고는
원중고 응원단의
방해 없이
경기에 집중할 수 있었다.

3점!

굿샷!

07 : 32
원중고 신유고
1
6 : 3

크큭
단두대 매치인가….
지금부터 서로 죽여라.
7
아 그런 거 하지 마라고! 재미 대가리 없는 거.
잼있눈뎅….

왠지 모르게 신유고를 응원하게 되는데…
신유고가 이길 수 있을까요?
어렵긴 한데… 그래도 불가능은 아이지 싶다.
열 번 붙는다 치면 신유고가 두어 번은 이길 만한 전력은 되니까.

창현 햄이 태성 햄이랑 똑같은 방식으로 지국민을 막으려나본데요?
오!
여기! 여기!

나와서 받아요, 형!
WONJOONG

탁
오케이!
일대일 해!

지상고
23번 녀석이랑
비슷한 타입….

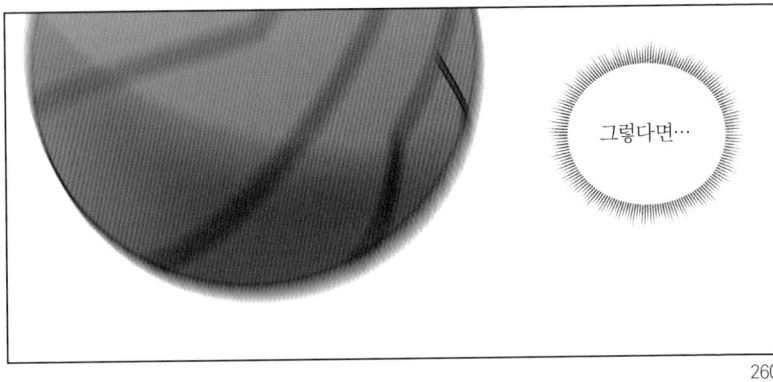
그렇다면…

스탑점퍼!

웃…!
없다!
오케이! 리바!
백코트!
오오 허창현!
지국민 페이스업에 완벽한 컨테스트!
역시 공태성 상위호환!
닥쳐라 니!

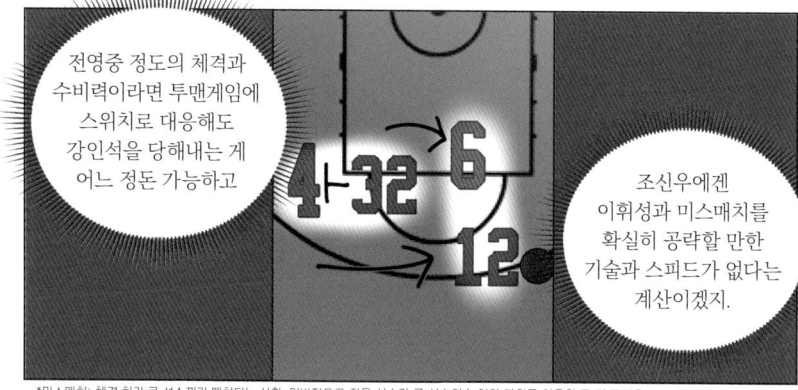

*미스매치: 체격 차가 큰 선수끼리 매치되는 상황. 일반적으로 작은 선수가 큰 선수의 높이와 파워를 이용한 골 밑 공격을 당해내기 어렵듯, 큰 선수 또한 외곽에서 작은 선수의 스텝을 쫓기 어렵기에 미스매치가 성립된다.

11권에서 계속

EXTRA EDITION

전학

GARBAGE TIME

必死即生 능대정신
勝

짐을 다 싸놓고 볼 던지냐?
어.

지상고랬나? 어디 있는 학교더라?
부산.
와~ 멀리도 가네.

…
겁 안 나냐?

뭐가?
빙글
전학 가는 거.

겁나면
어쩌게.
통

니가 보기엔
어떨지
모르겠지만

이게

내가
던질 수 있는

WON JOONG

제일 확률 높은
슈팅이야.

야, 야!

이 XX아 돌았냐?

와하하 재밌다~!

방해할 거면 꺼져 XX아.

WON JOONG

예라이 또라이 X끼...

BACK JOONG

가비지타임 10

초판 1쇄 발행 2023년 11월 15일
초판 2쇄 발행 2024년 6월 1일

지은이 2사장
펴낸이 김선식

부사장 김은영
제품개발 정예현, 윤세미 **디자인** 정예현
웹툰/웹소설사업본부장 김국현
웹소설1팀 최수아, 김현미, 심미리, 여인우, 이연수, 장기호, 주소영, 주은영
웹툰팀 이주연, 김호애, 변지호, 안은주, 임지은, 조효진, 최하은
IP제품팀 윤세미, 설민기, 신효정, 정예현, 정지혜
디지털마케팅팀 지재의, 신혜인, 이소영
디자인팀 김선민, 김그린
저작권팀 한승빈, 윤제희, 이슬
재무관리팀 하미선, 김재경, 윤이경, 이보람, 임혜정 **제작관리팀** 이소현, 김소영, 김진경, 박예찬, 이지우, 최완규
인사총무팀 강미숙, 김혜진, 지석배, 황종원 **물류관리팀** 김형기, 김선민, 김선진, 전태연, 주정훈, 양문현, 이민운, 한유현
외부스태프 리채(본문조판)

펴낸곳 다산북스 **출판등록** 2005년 12월 23일 제313-2005-00277호
주소 경기도 파주시 회동길 490
전화 02-704-1724 **팩스** 02-703-2219 **이메일** dasanbooks@dasanbooks.com
홈페이지 www.dasan.group **블로그** blog.naver.com/dasan_books
종이 아이피피 **출력·인쇄·제본** 상지사 **코팅·후가공** 제이오엘엔피

ISBN 979-11-306-4685-5 (04810)
ISBN 979-11-306-4680-0 (SET)

• 책값은 뒤표지에 있습니다.
• 파본은 구입하신 서점에서 교환해드립니다.
• 이 책은 저작권법에 의하여 보호를 받는 저작물이므로 무단 전재와 복제를 금합니다.

다산북스(DASANBOOKS)는 독자 여러분의 책에 관한 아이디어와 원고 투고를 기쁜 마음으로 기다리고 있습니다.
책 출간을 원하는 아이디어가 있으신 분은 다산북스 홈페이지 '원고투고'란으로 간단한 개요와 취지, 연락처 등을 보내주세요.
머뭇거리지 말고 문을 두드리세요.